L'ANGELUS

DES CAMPAGNES

PAR

CHARLES FABRE.

Ave, Maria !

Prix : 1 franc.

ALBI

IMPRIMERIE DE MAURICE PAPAILHIAU
rue de la Mairie
1867.

A Monsieur E. CELLERIER, Directeur de l'Enregistrement,
des Domaines et du Timbre.

Hommage de respect et de reconnaissance,

CHARLES FABRE.

L'ANGELUS DES CAMPAGNES.

LE MATIN.

« Miser factus sum et cur-
» vatus sum usque in finem :
» tota die contristatus ingredie-
» bar. »

S. Jean, Ps. 27.

La Nature est encor calme et silencieuse,
Aucun bruit ne s'entend ; la voix mélodieuse
Des oiseaux endormis ne remplit pas les airs
Et l'ombre de la nuit couvre tout l'univers ;
Seule, sur l'horizon on voit surgir l'Étoile
Dont les pâles rayons brillent sans aucun voile.

O vous, qui vivez loin du tumulte et du bruit,

Vous, qui ne connaissez que le sombre réduit

Où vous passez vos jours au milieu des alarmes,

Vous, hélas ! qui trempez de sueur et de larmes

Le pain de chaque jour, et, qui de vos enfants

Ne pouvez adoucir les soupirs déchirants ;

Vous enfin, Travailleurs, qui, nés pour la misère,

N'avez pour tout abri qu'une pauvre chaumière,

Ecoutez cette cloche.... elle annonce le jour....

C'est l'**Angelus** qui sonne, et qui vous dit bonjour

Avant votre réveil, avant l'aube naissante ;

C'est l'**Angelus** qui sonne et dont la voix puissante

Réveille les mortels, leurs douleurs et leurs maux ;

L'**Angelus** qu'on entend, l'**Angelus** des hameaux,

C'est la voix du Seigneur demandant la prière

Qu'un jour on nous apprit pour la Vierge sa mère,

C'est l'**Ave, Maria** !... Travailleurs, à genoux !...

La prière de l'**Ange**.... oh ! vous la savez tous !

Elle fut au berceau de notre mère apprise

Et nous la répétons chaque jour à l'église.

C'est ainsi qu'au village, au réveil du matin,

Sous l'humble toit de chaume, on entend l'orphelin,

Et le frère et la sœur, et le père et la mère,
Répéter tour à tour cette antique prière,
Et dès qu'elle finit, le pauvre travailleur,
Etouffant un sanglot qu'arrache la douleur,
D'une main que la fièvre a rendue défaillante,
Prend avec ses outils sa besace pesante,
Et pour gagner un pain qu'on attend en pleurant
Il quitte sa chaumière avec le jour naissant.

Au sortir du village, il voit que la Nature
A pris comme la veille une riche parure;
C'est un brillant tableau que ces champs et ces bois
De robe et de couleur changeant à chaque mois.
N'est-ce pas qu'il est beau dans ces vertes prairies
De voir chaque matin ces fleurs épanouies,
Comme nous s'éveiller au son de l'**Angelus**
Et comme nous dormir quand le soleil n'est plus?
A la ville voit-on ce sublime spectacle?
La Nature au réveil, n'est-ce pas un miracle?
N'est-ce pas le Seigneur descendant près de nous
Comme un jour où des Rois l'adoraient à genoux,
Qui vient chaque matin par sa noble présence
Nous révéler d'un Dieu l'éclat et la puissance?

Avez-vous jamais pu, — répondez, ô Savants !

Avez-vous jamais pu, de vos pinceaux brûlants

Retracer la Nature au lever de l'Aurore ?

Peindre cet horizon qu'un feu caché colore ?

Ce beau panorama qui se déroule aux yeux,

Et ce brouillard léger qui monte vers les cieux ?

Avez-vous jamais pu, dans vos longues veillées

Produire ces parfums, qui des fleurs embaumées

S'exhalent le matin ? Et ces chants et ces cris

De mille oiseaux divers, les avez-vous compris ?...

Ces vents impétueux, cette brise légère,

Cet air que l'on respire et qui fait l'atmosphère,

Comment les peindrez-vous ? Où sont donc les pinceaux

Qui pourront animer ces sublimes tableaux ?

Ces sables du désert que le Simoun caresse !

Ces fleuves, ces ruisseaux qui renaissent sans cesse

Et qu'un bras invisible entraîne vers les mers !

Ces terribles volcans qui lancent dans les airs

Une lave que rien ne maîtrise ou n'arrête !

Et la fureur des flots quand mugit la tempête !

Comment la peindrez-vous ? O Savants orgueilleux !

Ah ! vous avez bien pu, dans vos moments fiévreux,

Imiter quelquefois les beautés de la terre,

Faire jaillir la foudre ou gronder le tonnerre....

Mais reproduire l'Aube ou le Soleil en feu ?....

Mais imiter le jour, la Nature ou bien **Dieu ?**...

Non ! l'homme ne peint pas **Celui** qui créa l'homme !

Celui que l'Eternel à deux genoux on nomme ! ! !

. . . .

Cependant l'Angelus de son marteau d'airain

Frappe le dernier coup et s'arrête soudain.

Aussitôt au village on voit dans la prairie

Et la chèvre et l'agneau brouter l'herbe fleurie,

Le cheval vigoureux se raidir sous l'arçon,

Et le bœuf d'un pas lent gémir sous l'aiguillon.

Tout travaille et s'agite au milieu des campagnes ;

Les plaines, les vallons, les côteaux, les montagnes,

De nombreux habitants se peuplent aussitôt

Et la terre pour eux ouvre son entrepôt.

C'est l'heure où tout respire un certain air de fête,

On voit des fleurs partout, sous les pieds, sur la tète,

Des buissons tous parés de riches bouquets blancs

Et des blés parsemés de bluets odorants.

Le Ciel est azuré, la Nature riante,

Les champs ont revêtu leur robe verdoyante,

Enfin, pour animer ce superbe tableau,

Un soleil de printemps resplendit au hameau,

Et des milliers d'oiseaux, secouant leur plumage

Baigné par la rosée, au milieu du feuillage

Entonnent un concert, puissant harmonica !

Et chantent avec nous, leur **Ave, Maria** !...

A MIDI.

« Il a renversé les grands de
» leurs Trônes et il a élevé les
» petits; il a rempli de biens
» ceux qui souffraient la faim et
» il a renvoyé vides et pauvres
» ceux qui étaient riches. »
        S. Luc, I, Cant. de la Vierge.

Mais déjà le Soleil planant sur notre monde
Eclaire en rayonnant la terre qu'il féconde.
Rien n'échappe aux regards de l'astre bienfaisant,
Dans la forêt obscure il pénètre imposant,
Et dans les profondeurs des vallons les plus sombres
Il chasse les vapeurs et dissipe les ombres.

O vous, qui sans gémir d'un sort trop douloureux
Allez chaque matin de vos bras vigoureux
Demander à la terre un modique salaire
Qu'elle donne toujours, car elle est votre mère!

Malheureux, qui souffrez et la faim et le froid !

Qui suez la misère en votre humide toit !

Vous, qui voulez un pain, non pas celui qu'on donne

Sous le porche du riche au pauvre par aumône,

Mais un pain que tout homme a droit de demander

Au sol, que de ses mains il a su féconder !

Vous enfin, qui jamais ne poussez une plainte,

Et qui vivez contents sans orgueil et sans crainte

Parce qu'à votre foyer jamais l'ambition

N'est venue infiltrer son rapide poison;

Travaillez ! travaillez ! armez-vous de courage

Pour vaincre la nature ou stérile ou sauvage

Et comme ces guerriers qui laissent leur logis

Pour voler aux combats défendre leur pays,

Creusez la terre aride, ingrate ou bien stérile,

Sous vos efforts constants elle sera fertile ;

Et, lorsque de son sein vous arracherez l'or,

Lorsque vous aurez enrichi son trésor,

Alors comme un héros votre puissant génie

Aura conquis la gloire et sauvé la Patrie,

Car songez que s'il faut des bras pour la servir

Il lui faudra toujours des bras pour la nourrir.

Ah ! si vous ignorez les grandeurs de ce monde,

Si courbés sous le poids d'une douleur profonde

Vos bras endoloris, sur les bords du sillon

Laissent à chaque instant échapper l'aiguillon ;

Si vaincus par la faim, sans force et sans courage,

En répandant des pleurs vous rentrez au village ;

Ou, si sur un grabat, pâles et maladifs,

La fièvre ou le chagrin vous ont rendus captifs,

Levez vos yeux au Ciel, et votre âme égarée,

En reconnaissant Dieu sera régénérée.

Vous y verrez toujours un bras vers vous tendu

Et trouverez le calme, hélas ! qui vous est dû.

Vous y verrez celui pour qui l'**Angelus** sonne,

Le fils de **Jéhovah**, qui punit et pardonne !

Mais gardez-vous au moins de porter vos regards

Sur ce monde pervers, sans pitié, sans égards,

Vous ne verriez partout qu'égoïsme et mensonge....

Qu'injustice et misère.... Hélas ! quand on songe

Que vous seuls, Travailleurs, n'êtes rien ici-bas ;

Vous seuls, qui donnez tout, n'avez que le trépas

Pour bonheur et repos.... tandis qu'à votre porte,

On voit avec dégoût des gens de toute sorte,

Qui d'honneur et d'argent sont tous les jours comblés ,

Qui dans leur fol orgueil ne sont jamais troublés ,

Et qui, toujours chéris de l'aveugle Fortune,

S'amusent de vos maux et de votre infortune....

Ah ! gardez-vous pourtant d'envier leur bonheur !

S'ils ont de la fortune ils n'ont point dans le cœur

Ces élans généreux que donne la Nature,

Et ce besoin d'aimer qu'on trouve sous la bure ;

S'ils ornent leurs hôtels de splendides décors,

Songez que c'est à vous qu'ils doivent leurs trésors !...

S'ils bravent le besoin au sein de l'opulence ,

Sous des lambris dorés, s'ils narguent l'indigence,

Songez que vos grabats et vos nobles haillons,

Ont pu seuls ennoblir leurs riches écussons !...

Que dis-je ? Il est pourtant un riche qu'on vénère ,

Et qui va dire au pauvre : « Ami, je suis ton frère !...

» J'aime aussi l'**Angelus** , et vais dès le matin

» A l'hôpital en deuil secourir l'orphelin ;

» Et puis quand vient le soir , dans un grenier je monte

» Afin de soulager la Misère ou la Honte.

» D'autres fois, déposant le faste des splendeurs,

» Je vole dans tes champs ornés de mille fleurs,

» Presser avec bonté ta main rude et calleuse ;

» Je pénètre joyeux dans ta cabane heureuse .

» Et le bien que j'y fais m'est mille fois rendu

» Par ce Dieu vers lequel ton bras faible est tendu ! »

Cependant le Soleil poursuivant sa carrière

Répand sur l'univers des torrents de lumière.

Il est midi. — C'est l'heure où ses rayons brûlants

S'échappent de son sein en feux étincelants ;

L'oiseau d'un vol rapide a gagné le feuillage ,

Et les troupeaux en foule accourent sous l'ombrage.

Seul, au milieu des champs, on voit le laboureur

Epuisé de fatigue et bravant la chaleur,

Poursuivre sans repos sa trop pénible tache,

A chacun de ses pas, c'est de l'or qu'il arrache,

C'est or n'est pas pour lui, c'est au riche, il le sait,

Qu'appartiendra le fruit de l'ouvrage qu'il fait ;

N'importe, il se console en pensant qu'il lui reste

Pour ses pauvres enfants une part bien modeste,

Et loin de se raidir contre un sort rigoureux

Il redouble d'efforts pour les voir plus heureux.

Il est midi. — La cloche au loin résonne encore
Et vient leur rappeler la Vierge qu'on implore.
Un instant de repos sous ce soleil brûlant,
Essuyez votre front de sueur ruisselant ;
C'est toujours l'**Angelus**.... c'est la même prière
Qu'au lever du soleil dans votre humble chaumière
Vous faisiez ce matin. — Priez ! — Il est midi ;
Le Bon Dieu vous entend quand vous pensez à lui ;
Et vous n'êtes pas seuls à prier sur la terre,
Comme vous les oiseaux voltigeant au parterre,
Recommencent leurs chants pour fêter le Seigneur,
Et dans ce bosquet sombre où règne la fraîcheur,
Où les rayons du jour pénètrent avec peine,
Où la brise ne rend qu'une suave haleine,
Où la rose se mêle avec l'hortensia
Ils entonnent encor leur **Ave, Maria !**...

LE SOIR.

Errabam devius
Exul a patriá
Semitæ nescius
Ad verá gaudiá
Per quam regrediar.

« J'étais égaré de la véritable
» voie et exilé de la céleste Pa-
» trie, ne sachant pas où je pour-
» rais trouver le véritable bon-
» heur. »

Annonc. de N. S., 25 mars
(prose).

Mais déjà le soleil terminant sa carrière
Va bientôt éclairer un second hémisphère ;
L'horizon se rougit et le ciel au teint bleu
Aux regards étonnés apparaît tout en feu.

N'est-ce pas, Travailleurs, que la Nature est belle
A l'heure où l'**Angelus** au foyer vous rappelle ?
N'est-ce pas qu'il est doux, lorsque le jour finit,
D'apercevoir au loin le clocher de granit ?
Prenez-donc vos outils et rentrez au village ;
Là, vous retrouverez assis sous le feuillage

Votre vieux père infirme et vos petits enfants
Artistement groupés sur ses genoux tremblants ;
Plus loin, près du rouet, vous verrez votre mère,
Et sur le seuil boueux de l'humide chaumière,
Votre épouse joyeuse, enlaçant dans ses bras
Votre plus jeune fils, accourra sur vos pas.

Où donc est le bonheur, s'il en est sur la terre ?
Car du jour où l'on naît la douleur est amère,
Il faut craindre toujours, toujours aussi souffrir,
Jusqu'à ce jour terrible où nous devons mourir.
Pouvons-nous oublier que Dieu veut que notre âme,
Que trop souvent, hélas ! l'infortune réclame,
Ne trouve le bonheur qu'au séjour bienheureux ?
Ah ! jetons sur la vie un regard douloureux,
Car l'homme est ainsi fait, qu'entraîné par l'ivresse,
Il poursuit comme un fou les rêves qu'il caresse,
Rêves que dans l'esprit il compare au bonheur,
Bonheur qu'il n'a jamais dans l'âme ou dans le cœur.
Si toujours il se plaint des peines qu'il endure
Qu'il se rappelle alors que tout dans la Nature
Doit abaisser son front devant le Créateur
Et pleurer sur des maux dont lui seul est l'auteur.

De retour au foyer le laboureur oublie

Et le travail du jour et sa pénible vie;

Près de l'âtre brûlant où le repas du soir

Réunit tout le monde, il vient d'apercevoir

Tout son bonheur à lui.... parents, amis, famille,

Et sur un banc étroit, à la lueur qui brille,

Il distingue.... un vieillard modestement assis,

Qui chaque jour l'attend avec un doux souris;

Ce vieillard est vêtu d'une soutane noire

Et porte sur son cœur un beau Christ en ivoire;

Ce vieillard est celui que le divin Sauveur

A placé près du pauvre en ses jours de douleur;

Celui qui nous donna l'eau sainte du baptême,

Celui qui nous apprend qu'on jure et qu'on blasphème

Lorsqu'on reporte à Dieu les maux dont nous souffrons,

Ou que désespérés à lui nous nous plaignons.

La cabane du Pauvre est le salon du Prêtre;

Aussitôt que l'on souffre on le voit apparaître,

Et sa bonté s'étend sur l'enfant au berceau

Comme sur le vieillard qui chemine au tombeau.

Ecoutez, mes amis, le curé du village,

Il console le pauvre et sa parole sage

Aux faibles opprimés s'adressera toujours

Car c'est pour l'indigent qu'il prodigue ses jours.

Vous le voyez tantôt au chevet d'un malade

De l'amitié donner une sainte accolade;

Vous le voyez tantôt au chevet d'un mourant

Avec le Christ en mains arriver triomphant,

Puis, tombant à genoux.... pour le divin mystère

Adresser au Seigneur une sainte prière !...

Tantôt vous le voyez, des vieillards, des enfants

Diriger avec soin les pas trop chancelants ;

Tantôt dans la chaumière et tantôt dans l'église

Sa main bénit les maux que son cœur cicatrise.

A l'épouse, à l'époux, il sait avec bonté

Du lien qui les unit prêcher la sainteté ;

Il enseigne le fils à respecter son père ;

Il enseigne la fille à soulager sa mère,

Aussi dans le village on est toujours heureux

Car le bonheur consiste à vivre vertueux....

Et lorsqu'un criminel, à l'œil hagard et terne,

Aux pieds du saint vieillard à genoux se prosterne ;

Le prêtre dans ses bras le presse avec amour :

« O mon fils, lui dit-il, j'attendais ton retour,

» Voilà déjà longtemps que vide est ta demeure,

» Que sur le vieux grabat ta pauvre mère pleure.... »

Et le forçat debout, du seuil de sa maison
Ecoute l'**Angelus** qui sonne son pardon....
Mais là ne finit pas le divin ministère;
Si le vice et le crime au seuil du presbytère,
Trouvent la paix de l'âme, à l'heure du remords,
Le pauvre condamné que réclame la mort
Retrouve avec bonheur, à l'heure du supplice
Un prêtre agenouillé pour le Saint Sacrifice....
Ce prêtre, au malheureux indique avec bonté
La route de la tombe et de l'Eternité;
Et puis, sur l'échafaud où lentement il monte,
Du coupable, un baiser vient effacer la honte....

Enfants ! qui demandez le bonheur aux plaisirs,
Et qui ne recueillez que larmes et soupirs !
O vous, qui de blasons couronnez vos portiques !
Vous, que l'or et l'argent ont rendus despotiques !
Vous tous, que la Fortune a jetés palpitants
Dans ce luxe effréné d'où vous sortez méchants !
Malheureux ! qui du pauvre ignorez la misère !
Ah ! venez au village.... Entrez dans la chaumière....
Car le bonheur est là.... — Près de ce banc étroit;
— Près du vieillard infirme; — il est là, sous ce toit

Qu'habite la vertu ; — près de la chaste épouse
Que l'amour maternel peut seul rendre jalouse,
Près de la mère aveugle assise à son rouet,
Et près de ces enfants qui n'ont pour tout jouet,
Que le chat domestique à la fourrure grise,
Ou le chien qui conduit leur grand'mère à l'église.

Il est là ce bonheur que vous cherchez en vain
Dans le luxe et l'ivresse. — Il est là, quand l'airain
Pour la troisième fois au village résonne
Et que le laboureur de l'**Angelus** qui sonne
Répète la prière.... Il est là, ce bonheur,
A l'heure où sous le chaume on prie avec ferveur,
A l'heure où méprisant votre fortune immense
Le laboureur repose au sein de l'innocence ;
A l'heure où seul, le rossignol joyeux
Fait retentir les airs d'un chant mélodieux ;
A l'heure où voltigeant autour de sa compagne,
On l'entend dans la plaine ou bien sur la montagne,
Caché dans l'aubépine ou dans l'acacia,
Chanter toute la nuit, un Ave Maria.

CHARLES FABRE.

www.ingramcontent.com/pod-product-compliance
Lightning Source LLC
Chambersburg PA
CBHW061519170626
46811CB00004B/1761